ORFEBRE

LEOPOLDO MARÍA PANERO

ORFEBRE

Prólogo
Carlos Aurtenetxe

VISOR MADRID 1994

VOLUMEN CCCXXVII DE LA COLECCIÓN VISOR DE POESÍA

Isaac Peral, 18 - 28015 Madrid

ISBN: 84-7522-327-3
Depósito Legal: M-34917-1994

Impreso en España - *Printed in Spain*
Gráficas Muriel. C/ Buhigas, s/n. Getafe (Madrid)

«...el viaje por ese otro callejón sin salida que es el arte por el arte o la poesía consagrada a sí misma.»

LEOPOLDO MARÍA PANERO

Toda esa pirueta inconsistente, maliciosa y desesperada que trata de inaugurar la fundación del sentido en un acto social, institucionalizar los propios inventos como pilar de lo que nunca aparecerá por paisaje alguno, si no es fatalmente en el del autoengaño, en el de la propia autosugestión, forma parte de ese algo patético y aleccionador que define el vacío de nuestras propias estructuras arquitectónicas del ser, y, al final, yacen arrumbadas en materiales de deshecho tales que el poder o la organización de nuestros miedos.

Definitivamente convencidos de que ninguna proposición social, política, ideológica, nacional o celeste, ha de variar la naturaleza de nuestra desnudez fundamental, pues pertenecen a universos distintos, lejanos, inmiscibles, nuestra condición sólo ha de recaer en querencias profundamente desposeídas, en posturas abismales, e igualmente lejanas, condenadas a la ley de los contrarios: seremos, así, seres abismados en la naturaleza de las cosas, y no en la huida de ellas, caídos en el definitivo desasosiego de la distancia y la oposición a la realidad, por no haber cerrado los ojos ante ella, ni haber hecho otra cosa que mirarla a los ojos, sin bajar la mirada en ningún momento.

Esa postura sólo cabe en el arte. Muy especialmente en la poesía. Especialísimamente en la poesía verdadera. Dentro de la poesía verdadera, más específicamente aún, en la poesía de los significativamente denominados «poetas malditos» por sus respectivas sociedades bienpensantes. Dentro de los «malditos», acaso, el último peldaño de la escalera que no aspira a nada, ni a la misión extravagante de subir o bajar a salvación alguna, de género o lugar alguno, salvo al lugar extremo de la poesía que no renuncia a NADA de sí misma, el último peldaño será, sin duda, el de Leopoldo María Panero. Una guerra sin fin. Una lucha sin fin ni esperanza que quedará en los huesos de todos nosotros. No importará gran cosa que nosotros seamos conscientes o no de ello. Será necesario entrar como víctimas, y hermanos, con ocasión de la última obra poética de Leopoldo María Panero, de ingresar en «las órdenes» de esa absoluta «ley de extranjería» que impone entrar en la luz cóncava, afortunadamente desalmada, desértica, de una mirada sin fin ni límites conocidos, cual la de L.M.P. Pues las leyes de su propia luz son las de la oscuridad suprema de la noche supremamente habitada como hombre, y no como intento de falsificación o descendimiento de sí mismo a toda ofensa, disminución, humillación, a toda forma de mutilación, de muñón de nosotros mismos, que toda ideología o religión propone, impone.

Respirarnos, ahogarnos para respirarnos definitivamente, es una vez más estar en L.M.P., visitar la cueva sagrada del hombre llevado a sus últimos extremos del razonamiento, de la postura, del desequilibrio del vuelo al astro.

Pues, a la postre, tal cual dijo Nietzsche, sólo aquél que lleve el caos dentro de sí podrá añadir al cielo una estrella. La que falta a ese cielo.

Como una fantasmagoría ondulando, reverberando, luchando en el reflejo de la luz en las columnas de las ruinas del templo, así sabremos que la mar chapotea en la noche, salobre, espesa, amarga en el silencio, entre cadáveres de rostros tumefactos que emergen, sumergen sus rostros desfigurados, ahogados sin expresión, comidos por los peces, bamboleantes, anónimos, entre la pedrería multicolor de los pétalos flotantes de las flores y los residuos, las heces, el petróleo de todo lo que supuró nuestra civilización, nuestra fiesta sangrante, las máscaras del último carnaval, así rodaron aquellos cuerpos, así sabremos que L.M.P. dice la verdad, al ocaso de todas las declinaciones, de toda la turbiedad de las deyecciones de nosotros mismos, de todos los descensos a los infiernos. Así sabremos que sólo el que lo dijo, lo presenció, se hizo frente a sí mismo en todos y cada uno de nosotros, el que frotó su mirada en el paño áspero de las escenas que le rodean, le contienen, destiló de aquella pestilencia la última gota de agua limpia, pura, el último lamento purificado en su garganta, la inusitada belleza tardía de la última palabra, tras haberlo conocido todo, sabido todo, sido todo, del que nos deja, tragedia inimaginable, pues sólo la inocencia paliaba aquello, tanta arbitraria potestad, tanto sentido en la locura imprescindible del que regresa de tan lejos. Conciencia suprema de sí mismo en todo, en todos, tallada en carne de dolor la trampa de vivir, de morir cuanto es, cuanto se es, a sabiendas de su fustigación, condición de su daño.

L.M.P., solo, de regreso por los últimos corredores abandonados de la noche, abierto, transido, estremecido, es el hombre entero, condenado por todo cuanto es, hecho carne de toda nuestra carne en la significación, justicia de toda nuestra injusticia posible, real, consumada, alzado en toda la minimidad del hombre para ver, al fin, de puntillas, por encima de la tapia del destierro, el último ponerse el sol, sangrante ocaso sobre un mar saciado, sin aves, sin peces, sin mañana, bajo un cielo que nace sin estrellas de repente.

De todo esto intentan curar a L.M.P., sin éxito. La herida interminable.

No quiero, no puedo permitirme con L.M.P., en L.M.P., algo como ahora se estila, tan normal, tan ambiguo, tan géli-

do, tan legalmente insano, algo tan lúbrico como analizar el pormenor, la evolución metodológica, fenomenológica, del empleo de los endecasílabos en Borges, antes y después de su ceguera, en Rimbaud, antes y después de perder su pierna, caso de que hubiera escrito algo con su pierna articulada, que no lo hizo, algo tan turbio como ese viaje piscinoso al desmenuzamiento del ser, al ardimiento de sus mutilaciones, al hecho híbrido, dudoso, oscuro, de contemplar ese material de derrubio de los demás con aplicación implacable, esa fiebre seca, doctoral, compulsiva, de tono gramatical, esa jardinería obscena de la caída del hombre envuelta en erudición, en ominoso estudio y no en creación, en lejanía y no en abrazo. Porque no creo que la poesía de L.M.P. sea para estudiarle, desde el pupitre de enfrente, sino para respirar con él, a su lado. Como hombre, no como objeto de estudio. Porque, por fortuna para él, su rostro es indemostrable.

L.M.P. es aliterario, porque es poesía, vida. Es ridículo hacer un análisis literario de su estertor, indecente fotografiar las cuadernas del esqueleto de su poesía, el tanto por ciento de sinécdoques, de infinitivos, de substantivos abstractos, de adjetivos de la oscuridad, la varianza estadística de su padecer, la desviación estándar de la muerte en su radiografía vista desde el rincón de un especialista en gritos guturales, la evolución histórica, social, política, meteorológica de sus símbolos, de sus metáforas. Me niego a esa indecencia, a esa última provocación. Porque L.M.P., como hombre, como poeta, no forma parte de la colección entomológica de nadie; es un fenómeno de otra índole, totalmente opaco a la mirada que nuestra sociedad de hoy practica. Afortunadamente es su último grado de libertad. Ha alcanzado, como todo el que llegó, extenuado, a la otra orilla —la poesía verdadera— ese último estado inalcanzable para todo el que practica el hombre pequeño, fragmentario, de hoy en día. Y porque fue alcanzado por todo, por todos, acaso en demasía, hoy lo hemos perdido misteriosa, silenciosamente, porque hoy ya vive en los antípodas de nosotros, ya muere demasiado lejos de nosotros, en nuestros huesos, al desangrarse en cada poema. Como nosotros vivimos lejos, morimos lejos de nosotros mismos.

Permítanme, se lo ruego, como último acto de respeto y de humildad, no escribir un prólogo a un libro de poemas de Leopoldo María Panero, sino esto.

Y porque ya han pasado demasiadas cosas entre nosotros, y siguen pasando, y seguirán pasando, y porque la poesía, la verdadera poesía, para maldición del hombre, no es asunto de la sociedad de los hombres, no se decide en los poblados actos literarios, en las entregas de galardones, aunque a veces parezca lo contrario, ahora que brillantes profesionales de la poesía parecen poblar, invadir nuestro páramo nacional, no se habla de ella en los circuitos de marketing, en los recorridos triunfales del diario más leído, de la emisión de radio de máxima audiencia, o en la televisión más al uso, sino de otra cosa publicada, porque definitivamente la poesía no es institucionalizable, no es asunto de tráfico de influencias, aunque se intente, o de mercados de la bolsa de la poesía, o de amistades imprescindibles para ser reconocido como poeta, uno comprende que, definitivamente, sencillamente, L.M.P. es libre, al fin, porque ha alcanzado la poesía, la irremisible condenación de la poesía, no al escribirla sino al vivirla, al serla. Y uno se siente, ante tal hecho, aún en medio del dolor de lo que es, absolutamente, pero sin consuelo alguno.

Y en el límite, siempre en el límite, desde los allegamientos del ser, en esa noción del poema que no es tan próxima, por cuanto es y nos escapa, como categoría de lo que es en el peligro y no en el florecimiento, en el riesgo central, inatacable, de todo lo que alcanza a ser en el significado, así reconocemos en L.M.P. el trono y el desgarro de la sangre en la palabra líqui-

da, negra, trascendida como soplo, susurro, maledicción, del hombre confinado, preso, al fondo de su vuelo.

Así seremos todo, entre sus manos, padre, madre, hermano, hijo, desconocido, amigo, odio, abrazo detestable, abrazo. Templo hecho caída en el silencio de la página que pasa, sin regreso, en el misterio, y es ella misma siempre.

Y porque en L.M.P. no es decisivo el tiempo, no pasa, no transcurre, o es como si no incidiera nunca en el estado de la realidad, como si hubiéramos vivido desde siempre, como si hubiéramos estado siempre muertos, vagando, es un estadio del ser, al igual que en el sueño, donde la existencia está cristalizada, como una pústula dolorosa, fijada, eternizada, por el flash de la nada, en el negativo del ser. A blanco y negro. Allí queda la imagen de la realidad expresada como irrealidad, como sueño de lo que trasciende de sí mismo, en su propio impulso y coronación, y en su propia parálisis, simultáneamente. Como todo sueño de la razón es lógico, y desubicado, y supera de forma lógica la lógica inalcanzable de su propia realidad, creando el monstruo racional del absurdo que sólo accede a ser en el «dépassement» del hombre por el hombre. Paradoja enumerativa: nombre de la razón extrema.

Y porque, en contra de la visión sanitaria que le ha envuelto, la mirada curativo-reductora-redentora que le pretende, con frecuencia, que le quiere «resolver» en curación, en salvación, descender a ciudadano, a sano, a «paciente» (terrible doble sentido del enfermo abocado a la paciencia), rebajar a ingenio o a gramática, a esquemas funcionales, a circuitos bioquímicomecánicos que aplaquen aquella aerofagia, aquella exudación de existencia, aquel exceso, por contra, L.M.P., para su desgracia, y para la de sus superiores, corifeos, homeópatas, reúne, acuña entre sus manos el pensamiento, y aquello que lo excede, lo ensancha, lo trasciende.

Y porque, en el fondo, L.M.P. es todo lo que no nos atrevi-

mos a ser, ni pudimos, no sólo por lo que él es, sino por lo que nosotros no somos, no por lo que dice, sino por lo que no decimos, por lo que callamos día a día, lentamente, sin descanso, de todo eso intentan curar a L.M.P., aquejado de esa salud terrible, irremediable, inclemente, de la intemperie de la razón implacable, de ese frío seco, penetrante, total, arquitectónico, de todas las ventanas abiertas de par en par de su mirada, en medio de la noche más extrema. Huis clos perfecto. De esa vida escrita, de ese frío hecho poesía, tan incómodo, tan amenazador, tan destemplado, se trata de curar al hombre. Entre las buenas gentes.

Porque lo primero, y puede que lo último, que hay que saber de Leopoldo María Panero, a nuestro juicio, es que no ha de ser resuelto, ni demostrado, ni salvado. Porque es un hombre y no un dios no habrá de ser resuelto por fe alguna. Porque es un hombre y no un dios no habrá de ser demostrado por teorema, por revelación alguna. Porque es un hombre y no un dios en crucifixión alguna no habrá de ser salvado por nada ni por nadie, sino condenado a ser hombre sin límite, sin medida. Tal es su miladro y su condenación. La poesía irreparable.

CARLOS AURTENETXE

«Questi que qui vedi-cernó col dito
—ez additó uno spirto innanzi—
fu' il miglior fabbro del parlar materno»

DANTE ALIGHIERI

«Je suis lex vouf, le tenebré le desolé
prince d'Aquitanie a la tour abolie
mon seule etoile est morte et mon luth constellé
porte le soleil noir de la melancolie»

GERARD DE NERVAL

I

PARADISE LOST

HIMNO A SATÁN

Sólo la nieve sabe
la grandeza del lobo
la grandeza de Satán
vencedor de la piedra desnuda
de la piedra desnuda que amenaza al hombre
y que invoca en vano a Satán
señor del verso, de ese agujero
en la página
por donde la realidad
cae como agua muerta.

HIMNO A SATÁN (2.ª versión)

La grandeza del lobo
no es penumbra
ni aire
es sólo el fulgor de una sombra
de un animal herido en el jardín
de noche, mientras tú lloras
como en el jardín un animal herido.

HIMNO A SATÁN (3.ª versión)

Los perros invaden el cementerio
y el hombre sonríe, extrañado
ante el misterio del lobo
y los perros invaden la calle
y en sus dientes brilla la luna
pero ni tú ni nadie, hombre muerto
espectro del cementerio
sabrá acercarse mañana ni nunca
al misterio del lobo.

ASTORETH

Astoreth, señor de mis pies y mis entrañas
oh tú que azotas el caballo de la vida
y que muestras tu verga a los dioses del sol,
mientras camino
mientras camino por el valle de flores de la muerte
y cabezas de niños surgen de los tallos
y llueve sangre de los jacintos cortados
para alabar al demonio,
señor de los jacintos cortados
y rey de la flor que habita el firmamento entre mis piernas
la flor de oro cortada.

«A vida, que as a rosa
a rosa, que es o christo
sobre la croix morta do mondo
nasce la rosa
de Encoberto»

Quién fue la madre del alfange
qué desierto o qué luna
nombraron el alfange
nombrando así el desierto
el pez que en la nada vuela
adorando la página y la muerte
el terror del silencio
que a la vida convoca.

HIMNO A DIOS EL PADRE

Tú que espías el fluir oscuro de mi orina
tú que haces fluir la leche del esperma del muchacho
que llevas el pelo revuelto para enamorar a los pequeños
que te divierte ver cómo se escancia la sangre en los
vasos oscuros
y cómo un niño bebe la sangre del cerdo
diciendo ¡Oh mi Dios! Ayúdame a pecar en la sombra
para que todo el mundo vea cómo se escancia la sangre
en los vasos oscuros
en dónde bebe el cerdo y la princesa orina
como si orinar fuera sagrado
como si estuviera cerda la sangre del cerdo
para calentarnos en el desierto del mediodía.

LA CUADRUPLE FORMA DE LA NADA

Yo he sabido ver el misterio del verso
que es el misterio de lo que a sí mismo nombra
el anzuelo hecho de la nada
prometido al pez del tiempo
cuya boca sin dientes muestra el origen del poema
en la nada que flota antes de la palabra
y que es distinta a esa nada que el poema canta
y también a esa nada en que expira el poema:
tres pues son las formas de la nada
parecidas a cerdos bailando en torno del poema
junto a la casa que el viento ha derrumbado
y ay del que dijo una es la nada
frente a la casa que el viento ha derrumbado:
porque los lobos persiguen el amanecer de las formas
ese amanecer que recuerda a la nada;
triple es la nada y triple es el poema
imaginación escritura y lectura
y páginas que caen alabando a la nada
la nada que no es vacío sino amplitud de palabras
peces shakespearianos que boquean en la playa
esperando allí entre las ruinas del mundo
al señor con yelmo y con espada
al señor sin fruto de la nada.
Testigo es su cadáver aquí donde boquea el poema
de que nada se ha escrito ni se escribió nunca
y ésta es la cuadruple forma de la nada.

Dos peces
resplandecen en el cielo
mostrando el sendero sin salida
el sendero inmóvil del excremento.

EL RITUAL DEL NEURÓTICO OBSESIVO

El ritual de la casa derruida
de la página abandonada por el hombre
del cielo en el que vuela un hombre
como una nada ofrecida a los dioses del fuego.

POESÍA CONCRETA

(Homenaje a Joao Cabral de Melo Neto)

Espanto en el límite de la lengua
ojalá el otro no existiera
ojalá muriera en la boca de Jesucristo
la palabra prójimo
que es madre del silencio y del ajenjo
en donde, encontrándome
re-vaso mis labios.

FLORES

Sólo hay dos flores: la amapola y la rosa.
La rosa, la rosa, la rosa
que soy yo
pues soy un hombre nacido de rosa
en esta tierra que no es mía.

II

SINE NOMINA

SENDA DEL ESPEJO

A Estíbaliz Urquiza.

«The forgs singing agains the fauns»
EZRA POUND

Las ranas cantaron la ruina del fauno y su desastre:
y llovió sobre el fauno
y comí ceniza
y me harté de lodo
mientras mi boca escupía rubíes
y mis ojos lloraban por el estruendo
en que moría la poesía:
mientras el fauno recorría largamente cantando
los caminos del excremento
y su huella se borraba
tragada por la rosa
borrada por la mano
que escribe el poema parecido al azul de mi frente
y semejante a la frente que se inclina
a luz de una lámpara que nunca se apaga
sobre el poema que no se ha escrito
porque es dura la batalla
y el rey cae a los pies del espejo.

Odio al viento, palabra entre las nubes
mas ni siquiera la nada, ni el temblor
del orgasmo ni la sucia mañana
deshacen mi figura.

Los recuerdos anidan en las rocas
y una roca es mi piel
y una lanza quiebra el verso
y descubre bajo el frío mi figura.

Caída está mi mano
y se mueve al andar
dibujando a un espectro
en la calle vacía.

MUERTE DE LA POESÍA

(que podría ser el título del libro entero)

Como la piedra el poema es mortal
rayo de luz en la luz
crepitar de sapos
mientras tu boca agoniza
y se ve como muere el poema.

III

BIOGRÁFICA

«The craft so long, the life so short»

«cerebro del que todos han huido
pierna colgando
muñón de lengua quemado»
NARCISO

Vejez y alcohol y canto del silencio
y tempestad parecida a la nada y la muerte
tempestad para nadie, como lector del poema
que no invoca tu figura.

Dime, amada, qué es la noche
en donde la muerte del color dice que nada existe
dime que es la noche del color del insecto
que brilla como la inexistencia
parecido a esta página en que escribo
cubierta de insectos que en ella comen[1].

[1] Este poema puede leerse con la siguiente variante «cubierta de insectos que de ella comen», refiriéndose así al acto cruel de la lectura.

Es como ver a través de un pájaro
escrito
la lluvia celeste de la canción
como si de día, frente al sol
temblara el pájaro escrito
y en la garganta, como quien escupe
se deshiciera la canción.

La soledad es una princesa caída
que se arrastra harapienta
a los pies del verso
en los bordes del palacio en que el verso suspira
por una nueva posibilidad de no ser visto.

PALABRA

«La palabra es el asesino de la cosa»
JACQUES LACAN

Oh mujer que al lago te acercas
nunca podrás penetrar
sólo el poema dibuja el cercado
en donde el lago está.

MUERTE DEL POEMA

La araña cae vencida
sobre el papel
el ruiseñor escapa del bosque en llamas:
no hay nada
sobre el papel: fénix
es el silencio
que se vierte como una lágrima
sobre el papel.

CECI N'EST PAS UNE PIPE

En el poema muere mi mano
que lo atraviesa entero
rosa homosexual nacida de la nada
y que se vierte en ella como un pus
llamado vida, árbol
que veo en la sombra dibujado
como la silueta del poema.

Rosa de tiniebla para apagar el llanto
o para volverlo llanto
mariposa cegada no sé si por la luz o por la lluvia
mariposa que, tras de la lluvia
arde como el sol en mi mano.

ALBA

Caen los pájaros sobre la página
antes del silencio de la mañana
antes del silencio en la boca del Leviathan
que devora a Jonás, como
el ladrido feroz con que muere el poema
que luego silbarán tus dientes.

El espasmo de no decir nada
al oído de la sombra
al oído del cisne que atraviesa la página
como el mar, cuna del diablo[1].

[1] El mar para los islandeses era el sendero de los cisnes, y el cisne, de alto cuello, un símbolo del diablo.

ÉXTASIS

El león florece en la nada
único verdadero unicornio
única rosa
sobre mi cabeza calva
en que anida el búho
cantando no para el hombre:
y es como si una mujer de repente en la calle
volviese su cara
el éxtasis y el asombro del poema.

«LA DESTRUCTION FUT MA BEATRICE»

Oh vida, dime
tú, la sin palabras
dime
qué sendero hay que no conduzca al excremento
y donde el semen no sean las lágrimas
que conducen ciegas al sendero del excremento:
Oh Belzebú!
He aquí el regalo para las moscas
he aquí mi vida entera
ofrecida al recuerdo.

VARIACIONES GOLDBERG

No hay nadie en la casa del lago
y una vieja orina donde muere el sol
patos gritan escenificando mi caída
y un cadáver que quizá sea el de nadie
flora escenificando mi caída
cerca del lago donde muere el sol.

Rosa cercada por el hombre,
clavel que tiembla en mi mano, peces
que muestran el mar, en la hora tibia
en que el pescador sale a recoger las heces.

A Isidro Zurmen.

Ven niña, ven
he destruido el palacio
ya las ratas no muerden furibundas tus pies
ya no hay ratas ni hombres
ven, niña, ven
al palacio abandonado.

SERENIDAD

A Martin Heidegger.

Sólo hay dos cosas: mi rostro desfigurado
y la dureza de la piedra.
La conciencia sólo se enciende
cuando el ser está contra ella:
y es así que todo conocimiento
y la matriz de toda figura
es una herida,
y sólo es inmortal
lo que llora.
Y la noche, madre de la sabiduría
tiene la forma inacabable del llanto.

La luz, la luz
cuando estaba demasiado cerca del mar
límite del desierto
del desierto en que florecen las rosas crueles
hambrientas del hombre.

Las palabras
construyen el bosque
un árbol es sólo un árbol
cuando lo toca el poema.

Las campanas barren el sonido
enunciak letra a letra el desierto
en que una flor se pudre entre las manos ajadas
de una vieja
que llora de haber perdido su nombre.

LLANTO POR MARISA LETAMENDÍA

En el jardín secreto del manicomio
dos mujeres lloraban por el amor de un muerto
y un disparo, un disparo en la noche para amarte
mujer a un muerto atada
sombra que cae de mi mano
en el límite de la redada.

SIDA

A Pepe Espaliu.

La herida es una enfermedad de la piel
como si sólo lo que hay no bastara para hundirnos
y construir la poesía como una enfermedad
de la piel.

TROBAR LEU

«Todo poema corre el riesgo de carecer de sentido y no sería nada sin ese riesgo.»

J. DERRIDA

Ver a través de la lluvia de los pájaros
y ver que es dulce el dolor
y cómo se deshace la mano que escribe
a lo largo del laberinto del dolor.

HAIKUS

Qué es el hombre
pregunta la mano que escribe.

*

Llueve en la mano que ha escrito
y el viento borra el poema.

*

Un animal huye a través del laberinto
dejando sólo un rastro de baba
en que habita el poema.

Las voces del bosque me llaman
el verso es un lago en llamas.

*

Como un círculo
es la mano del insecto.

*

El Infierno pregunta
de quién es la mano que escribe.

EL PANTANO

A Toñi, In memoriam.

Ven, es de noche, recorramos el pantano
y el ocaso de los reyes
ven, es de noche, todos los reyes han muerto
recorramos como por vez primera el pantano:
el cielo se retuerce en los ojos de la sierpe
y es como si amaneciera para siempre
y nuestros ojos no pudieran cerrarse
sólo ver y volver a ver el pantano
cuando amanece en los ojos de la sierpe.

PEQUEÑA LULÚ

(tomado de un verso de Wallace Stevens)

El hallazgo del corazón de la ciénaga
entre los átomos que dibujan negro el universo
y peces muertos cayendo del cielo
en donde se oscurecen las promesas
y tiembla la esperanza como una flor:
y que los bárbaros griten Ulalú, Ulalú.

A LA MANERA DE TRAKL

Es en la noche el abrazo del solitario
en la noche en que llueven pájaros
e hila el puerco la canción de la desgracia
en donde llueve
y llueve como si nunca hubiera de escampar
como si el rostro de la vida fuera el de la lluvia
y fuera la lluvia mi único rostro
la lluvia que lava los pecados
de sombríos moradores de buhardillas
que acechan a la luz de una vela:
como en el día, a la caída del poema
acecha la calavera de un caballo.

Los pasos del fantasma por la casa abandonada
el grito del búho en el límite del poema
que un hombre habitara, y donde ya no hay nadie
sino el cuervo posado sobre el busto de Palas
diciendo que todo poema significa nunca.

AFTER TRAKL (2)

Oscura es la frente del solitario
que vaga por el jardín en donde han muerto las estrellas
por el jardín inmóvil donde han muerto las estrellas:
y un pez
en el cielo resplandece
mostrando el sendero del excremento.

NUEVE POEMAS A UNA MUJER, QUE HIZO DE SU NOMBRE LLUVIA

I

Felisa, las palomas que comen en mi mano
son de ese ensueño que erosiona el verano
y que destruye mi cabeza, mi cabeza de anciano
que se arrodilla ante el ser amarillo.

II

Felisa, el falo que nos convoca
a esta dulce tumefacción de mi boca
no es sino una torre que invoca
el palacio de mi soledad

Felisa
ponte la negra boca
verás una paloma en mi frente
y el horror de mi soledad

III

Felisa, el mineral gastado
que disuelve el secreto de los hechos
es como un príncipe que en la noche explicara
cómo rompe el mar en el acantilado:
al aire trenzado suben
las curvas de los leones.

IV

Felisa, una serpiente
es el falo que nos convoca
de pie una sonrisa marchita
de rodillas ante el dolor.

V

LA ROSA DE MALLARMÉ

Contra el fuego de mi mano
está el latir de mi honda boca
contra el fuego está la rosa
cayendo de mi honda boca.
Que el suplicio de no sentir
dibuje en el aire la boca
de la saliva y el poema
y perdida, a los pies del poema
la obsesión de la existencia.

Qué será el fuego sino una boca.

VI

Con tus labios si tú quieres
mordiendo el poema como una rosa
infiel a su belleza de horror
sin que toque el papel blanco
este amor que no se dice.

VII

Dibuja el tedio una paloma marchita
volando hacia el fin que el papel precipita
como el cántaro fiel que a su fin invita
en el aroma de la luna sobre el que vuela
el barco de Nunca Jamás.

VIII

La campana de la garganta
da los doce si tú quieres
como una flor en el vientre
cayendo frente al dolor.

IX

Que el ladrido de un perro en el aire convoca
a no abrir sino una boca
en el aire de blanco horror.
Qué es el aire sino un temblor
que a la rosa convoca, al aire
en que no estamos los dos.

UN GOLPE DE DADOS NO ABOLIRÁ EL AZAR

Cosa redonda en mis labios
el infierno en mis pupilas
bajo el oro de lo escrito
muere el papel siempre en vano.

Qué fue lo que aquí hubo.
Un animal, un rostro, el pecho de una herida.
Para que con su sangre
con luz reguemos el viento de la nada,
la atroz convulsión de unos ojos que,
antes de morir, disparan
sobre el poema.
Y sangra la luz, sangra el poema
ya que entre jazmines un animal ha muerto.
He aquí, en la nada
el pecho del poema.

A Esther.

Qué es el viento sin sombra, sino una nada
a sí misma abrazada.
Qué es la serpiente muerta, sino
una luz en los ojos, una imagen
que nombra a la cosa.
Qué es tu vida, mamón, sino algo
que es menos todavía que una vida
que una mano pálida que torpemente araña
la pared.
            Dicen que estoy vivo.
Dicen que estoy vivo y me llamo de algún modo
y vanamente escribo,
sobre la sombra cruel de la pared.
Pero es verdad que el viento ha deshecho la casa
como el soplo del lobo,
y unas voces me insultan en la cama.

ÍNDICE